公主出任務1

THE Princess IN BLACK 怪獸警報

文／珊寧‧海爾 & 迪恩‧海爾
Shannon Hale & Dean Hale

圖／范雷韻 LeUyen Pham

譯／黃筱茵

獻給我們自己的
木蘭花公主

珊寧·海爾 & 迪恩·海爾

獻給露娜、愛蜜莉、
安潔莉卡，還有丹妮絲——
我們這一小隊的超酷公主們

范雷韻

人物介紹

木ㄇㄨˋ蘭ㄌㄢˊ花ㄏㄨㄚ公ㄍㄨㄥ主ㄓㄨˇ

黑ㄏㄟ衣-公ㄍㄨㄥ主ㄓㄨˇ

牧ㄇㄨˋ童ㄊㄨㄥˊ達ㄉㄚˊ夫ㄈㄨ

大ㄉㄚˋ藍ㄌㄢˊ怪ㄍㄨㄞˋ

公ㄍㄨㄥ爵ㄐㄩㄝˊ夫ㄈㄨ人ㄖㄣˊ

山ㄕㄢ羊ㄧㄤˊ復ㄈㄨˋ仇ㄔㄡˊ者ㄓㄜˇ

黑ㄏㄟ旋ㄒㄩㄢˊ風ㄈㄥ

酷ㄎㄨˋ麻ㄇㄚˊ花ㄏㄨㄚ

第 一 章
愛管閒事的公爵夫人

　　木蘭花公主正在和假髮塔公爵夫人一起喝熱巧克力、吃英式鬆餅。熱巧克力很燙，英式鬆餅很甜，窗外吹來的微風溫暖又舒適。

　　「您能來拜訪真好！」木蘭花公主說。「不過……真是有一點意外。」

「我最愛去朋友家拜訪了。」假髮塔公爵夫人說：「每次我都能發現祕密。」

「祕密？」木蘭花公主說。

「是的，祕密。」假髮塔公爵夫人說：「比方，東西到處亂塞、櫃子裡藏了見不得人的東西。」

「櫃子？」木蘭花公主嚇了一跳，不小心被熱巧克力燙到舌頭。窗外的微風不斷把鬈鬈的髮絲往她臉上吹。公主原本還能自得其樂，突然開始緊張了起來。

2

「就像公主你，看起來好像很完美……」假髮塔公爵夫人往木蘭花公主靠近了一點說：「不過，每個人都有祕密。」

木蘭花公主拍掉粉紅色蓬蓬洋裝上的英式鬆餅碎屑。她希望自己看起來很鎮定，因為，她真的有一個天大的祕密，一個她不希望被任何人發現的祕密，尤其是愛管閒事的公爵夫人。

偏偏這個時候，木蘭花公主的閃光石戒指響起警報聲。

　　是怪獸警報！木蘭花公主默默祈禱。千萬不要是現在！

鈴！　　　　　　　鈴！

　　「那是什麼聲音？」假髮塔公爵夫人問。

　　「喔，可能是鳥叫聲吧？」木蘭花公主回答。

　　她真希望戒指發出的聲音像鳥叫聲。可惜的是，根本不像！

「真是奇怪的鳥。」公爵夫人說。

「可能牠生病了。」木蘭花公主說：「我去檢查一下。」

5

木蘭花公主優雅的走到門邊，腳下的玻璃鞋發出叮噹叮噹的聲響。

「你打算就這樣把我留在這裡？」公爵夫人問。

「我很快就回來！」木蘭花公主說。

她給了公爵夫人一個甜美的微笑，然後輕輕關上門。

接著，她拔腿就跑。

第 二 章
公主的祕密

「公ㄍㄨㄥ主ㄓㄨˇ」才ㄘㄞˊ不ㄅㄨˋ會ㄏㄨㄟˋ拔ㄅㄚˊ腿ㄊㄨㄟˇ就ㄐㄧㄡˋ跑ㄆㄠˇ。

8

「公主」不會把粉紅色蓬蓬洋裝塞進工具間裡。

「公主」不穿黑色的衣服。

9

「公主」當然絕對不會滑下什麼祕密通道，然後翻過城堡的外牆。

大部分的「公主」也不會住在怪獸國附近。

打擊怪獸這種工作，一點也不適合完美端莊的木蘭花公主。

不ぷ過爹，這ぬ位ぺ木ぷ蘭ぷ花爹公爹主爹，還爹真爹有ヌ個爹天ぷ大爹的ぬ祕忌密凸！

　　她ぷ有ヌ一一個爹祕忌密凸身爹分爹——黑爹衣-公爹主爹！阻ぷ止爹怪爹獸爹這爹種爹工爹作爹，相ぷ當爹適忌合爹黑爹衣-公爹主爹。

第 三 章
飛呀，黑旋風，飛呀！

　　院子裡，酷麻花正在啃蘋果。牠甩動著閃耀光芒的尾巴，踩著帥氣的金色馬蹄，微微搖晃了一下眉毛上方的角。

　　酷麻花是隻俊俏的獨角獸。

　　呃……牠是嗎？

酷ㄎㄨˋ麻ㄇㄚˊ花ㄏㄨㄚ的ㄉㄜ˙閃ㄕㄢˇ光ㄍㄨㄤ石ㄕˊ馬ㄇㄚˇ蹄ㄊㄧˊ鐵ㄊㄧㄝˇ也ㄧㄝˇ響ㄒㄧㄤˇ了ㄌㄜ˙。是ㄕˋ怪ㄍㄨㄞˋ獸ㄕㄡˋ警ㄐㄧㄥˇ報ㄅㄠˋ！

牠ㄊㄚ緩ㄏㄨㄢˇ緩ㄏㄨㄢˇ的ㄉㄜ˙往ㄨㄤˇ城ㄔㄥˊ堡ㄅㄠˇ牆ㄑㄧㄤˊ邊ㄅㄧㄢ退ㄊㄨㄟˋ了ㄌㄜ˙三ㄙㄢ步ㄅㄨˋ。

牠ㄊㄚ左ㄗㄨㄛˇ看ㄎㄢˋ看ㄎㄢˇ，右ㄧㄡˋ看ㄎㄢˋ看ㄎㄢˇ。

很ㄏㄣˇ好ㄏㄠˇ，沒ㄇㄟˊ有ㄧㄡˇ人ㄖㄣˊ在ㄗㄞˋ看ㄎㄢˋ牠ㄊㄚ。接ㄐㄧㄝ著ㄓㄜ，酷ㄎㄨˋ麻ㄇㄚˊ花ㄏㄨㄚ快ㄎㄨㄞˋ速ㄙㄨˋ的ㄉㄜ鑽ㄗㄨㄢ進ㄐㄧㄣˋ秘ㄇㄧˋ密ㄇㄧˋ通ㄊㄨㄥ道ㄉㄠˋ裡ㄌㄧˇ。

17

牠甩開頭上的角，將金色的馬蹄脫在一旁。

接著，甩掉亮晶晶的馬鬃和尾巴。

當牠從城牆另一邊出現時，
牠不再是獨角獸酷麻花。

牠是黑旋風——黑衣公主的
忠心小馬！

這時候，黑衣公主正好翻過城堡的高牆，跳到黑旋風背上。

「飛呀，黑旋風，飛呀！」她說：「城堡裡有一個愛管閒事的公爵夫人！能跑多快就多快，我們得趕到山羊草原。」

當他們快跑穿過森林時，鳥兒紛紛飛起來，替他們空出一條路來。

小鳥嘰喳叫，啾啾啾唱著歌，聽起來根本不像公主戒指所發出的怪獸警報鈴聲啊。

第 四 章
地底下的怪獸國

　　大藍怪肚子餓得不得了。

　　怪獸國到處都是怪獸，有的很迷你，有的很巨大。有些怪獸比大藍怪還要大。這些怪獸把所有能吞下肚的東西，吃得一乾二淨。

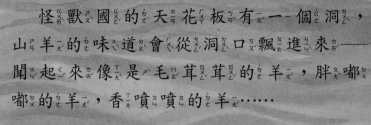

　　怪獸國的天花板有一個洞，
山羊的味道會從洞口飄進來——
聞起來像是毛茸茸的羊，胖嘟
嘟的羊，香噴噴的羊……

　　大藍怪忍不住口水直流。

咦？好像有誰規定過，所有怪獸都不能從那個洞爬出去？沒錯，好像是有這個規定。

　　可是，大藍怪不記得為什麼會有這個規定。

　　難道是因為上頭的陽光………

　　太………燦爛了？

還是因為上頭的空氣對怪獸來說太……清新了？

不，肯定還有其他理由！

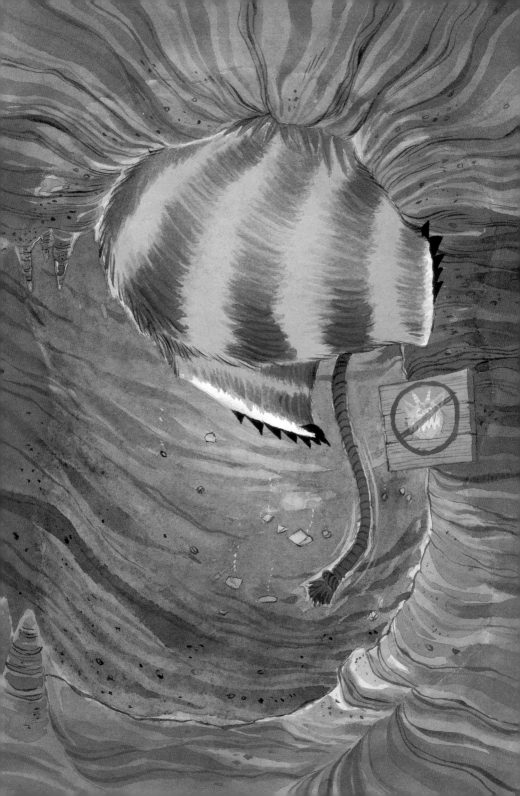

可是，大藍怪已經餓到想不起來到底為什麼不能從洞口出去。

　　牠決定要往上爬。

第 五 章
牧童達夫

　　達夫是一個喜歡照顧山羊的男孩，大家叫他「牧童達夫」。他並不是一半羊，一半人。（如果是那樣，說不定也很有趣。）

達ㄉㄚˊ夫ㄈㄨ很ㄏㄣˇ喜ㄒㄧˇ歡ㄏㄨㄢ山ㄕㄢ羊ㄧㄤˊ。山ㄕㄢ羊ㄧㄤˊ有ㄧㄡˇ像ㄒㄧㄤˋ蜂ㄈㄥ蜜ㄇㄧˋ一ㄧˋ般ㄅㄢ的ㄉㄜ˙棕ㄗㄨㄥ色ㄙㄜˋ眼ㄧㄢˇ珠ㄓㄨ子ㄗ˙，鬆ㄙㄨㄥ鬆ㄙㄨㄥ軟ㄖㄨㄢˇ軟ㄖㄨㄢˇ的ㄉㄜ˙耳ㄦˇ朵ㄉㄨㄛ˙，還ㄏㄞˊ會ㄏㄨㄟˋ發ㄈㄚ出ㄔㄨ呼ㄏㄨ嚕ㄌㄨ呼ㄏㄨ嚕ㄌㄨ的ㄉㄜ˙聲ㄕㄥ音ㄧㄣ。

　　所ㄙㄨㄛˇ以ㄧˇ，達ㄉㄚˊ夫ㄈㄨ不ㄅㄨˋ喜ㄒㄧˇ歡ㄏㄨㄢ想ㄒㄧㄤˇ吃ㄔ掉ㄉㄧㄠˋ山ㄕㄢ羊ㄧㄤˊ的ㄉㄜ˙怪ㄍㄨㄞˋ獸ㄕㄡˋ。

　　突然，一隻藍色的手臂從洞裡探出來。

　　「不會又來了吧！」達夫舉起手中的木杖準備防禦。

一一隻ㄓ藍ㄌㄢˊ色ㄙㄜˋ的ㄉㄜ怪ㄍㄨㄞˋ獸ㄕㄡˋ努ㄋㄨˇ力ㄌㄧˋ的ㄉㄜ想ㄒㄧㄤˇ
從ㄘㄨㄥˊ洞ㄉㄨㄥˋ口ㄎㄡˇ鑽ㄗㄨㄢ出ㄔㄨ來ㄌㄞˊ。

哇ㄨㄚ！很ㄏㄣˇ大ㄉㄚˋ一ㄧ隻ㄓ。

怪獸突然大吼，超級無敵大大聲的。

達夫嚇得扔掉手杖，雙腿直發抖。

「救——救——救命啊！」他喊到聲音都啞了。

這時候，遠處傳來了小馬嘶嘶的叫聲。

第 六 章
不准吃山羊！

　　黑衣公主終於趕到了山羊草原。大藍怪的兩隻手各抓著一隻山羊。牠盡可能把嘴巴張到最大，也就是說……張得宇宙無敵大。

　　「嘿，等一下！」黑衣公主說。

黑旋風快速跑向大樹。同時，黑衣公主抓住一根樹枝，從小馬的背上盪到樹上。

　　「你為什麼到上頭來？」黑衣公主問。

　　「吃山羊。」大藍怪說。

　　「不准吃山羊。」她說。

　　「我要吃山羊！」大藍怪大喊。

　　「不准你吃山羊！」她又重複了一遍。「怪獸，別亂來！」

大ㄉㄚˋ藍ㄌㄢˊ怪ㄍㄨㄞˋ先ㄒㄧㄢ把ㄅㄚˇ山ㄕㄢ羊ㄧㄤˊ放ㄈㄤˋ到ㄉㄠˋ旁ㄆㄤˊ邊ㄅㄧㄢ的ㄉㄜ˙小ㄒㄧㄠˇ樹ㄕㄨˋ下ㄒㄧㄚˋ，然ㄖㄢˊ後ㄏㄡˋ將ㄐㄧㄤ黑ㄏㄟ衣ㄧ公ㄍㄨㄥ主ㄓㄨˇ站ㄓㄢˋ的ㄉㄜ˙那ㄋㄚˋ棵ㄎㄜ樹ㄕㄨˋ，從ㄘㄨㄥˊ地ㄉㄧˋ上ㄕㄤˋ連ㄌㄧㄢˊ根ㄍㄣ拔ㄅㄚˊ起ㄑㄧˇ。

　　黑ㄏㄟ衣ㄧ公ㄍㄨㄥ主ㄓㄨˇ一ㄧ個ㄍㄜˋ後ㄏㄡˋ空ㄎㄨㄥ翻ㄈㄢ，跳ㄊㄧㄠˋ到ㄉㄠˋ草ㄘㄠˇ地ㄉㄧˋ上ㄕㄤˋ。她ㄊㄚ按ㄢˋ了ㄌㄜ˙公ㄍㄨㄥ主ㄓㄨˇ權ㄑㄩㄢˊ杖ㄓㄤˋ上ㄕㄤˋ的ㄉㄜ˙開ㄎㄞ關ㄍㄨㄢ，公ㄍㄨㄥ主ㄓㄨˇ權ㄑㄩㄢˊ杖ㄓㄤˋ立ㄌㄧˋ刻ㄎㄜˋ變ㄅㄧㄢˋ成ㄔㄥˊ一ㄧ根ㄍㄣ長ㄔㄤˊ棍ㄍㄨㄣˋ子ㄗ˙。

大ㄉㄚˋ藍ㄌㄢˊ怪ㄍㄨㄞˋ發ㄈㄚ出ㄔㄨ怒ㄋㄨˋ吼ㄏㄡˇ，把ㄅㄚˇ樹ㄕㄨˋ甩ㄕㄨㄞˇ了ㄌㄜˋ過ㄍㄨㄛˋ去ㄑㄩˋ。公ㄍㄨㄥ主ㄓㄨˇ舉ㄐㄩˇ高ㄍㄠ棍ㄍㄨㄣˋ子ㄗˇ猛ㄇㄥˇ力ㄌㄧˋ一ㄧ擋ㄉㄤˇ。

砰ㄆㄥ嗒ㄊㄚˊ！

41

黑ㄏㄟ衣ㄧ公ㄍㄨㄥ主ㄓㄨ和ㄏㄜ大ㄉㄚ藍ㄌㄢ怪ㄍㄨㄞ展ㄓㄢ開ㄎㄞ激ㄐㄧ烈ㄌㄧㄝ大ㄉㄚ戰ㄓㄢ。

公ㄍㄨㄥ主ㄓㄨ
突ㄊㄨ襲ㄒㄧ！

縱ㄗㄨㄥ身ㄕㄣ
一ㄧ跳ㄊㄧㄠ！

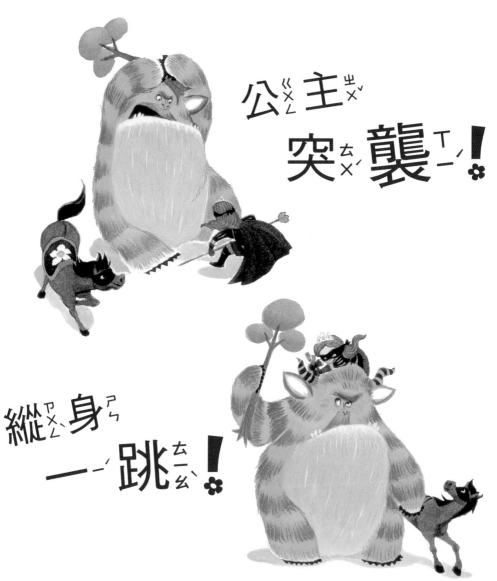

我ㄨㄛˇ跳ㄊㄧㄠˋ！
讓ㄖㄤˋ你ㄋㄧˇ暈ㄩㄣ頭ㄊㄡˊ轉ㄓㄨㄢˇ向ㄒㄧㄤˋ

我ㄨㄛˇ敲ㄑㄧㄠ

讓ㄖㄤˋ你ㄋㄧˇ
眼ㄧㄢˇ冒ㄇㄠˋ金ㄐㄧㄣ星ㄒㄧㄥ！

如果運氣不錯的話，黑衣-公主通常很快就能結束戰鬥。

　　假髮塔公爵夫人還在木蘭花公主的城堡裡。她的城堡裡有好多祕密，尤其是工具間。黑衣-公主希望，公爵夫人不會四處偷看。

第 七 章
公爵夫人來找碴

　　果然沒錯，公爵夫人開始到處打探，東瞧瞧、西看看。

　　城堡裡一塵不染，窗戶亮晶晶，沙發軟綿綿。一切都太完美了，反而讓公爵夫人懷疑：一定有什麼問題！

假髮塔公爵夫人打開一座衣櫥，裡頭全是粉紅色蓬蓬洋裝——非常完美的公主服裝。

她打開抽屜，裡面有純白手套、花朵髮箍、綴滿珠子的手帕和水晶手環。

全都是公主會有的東西。

「見鬼了！」公爵夫人說：「沒有人能這麼完美。」

公爵夫人下定決心要找出木蘭花公主城堡裡的祕密。現在，她得再加把勁。

第 八 章
黑衣公主 vs. 木蘭花公主

　　牧童達夫坐在樹椿上欣賞黑衣公主的忍者招數。今天他注意到一件事情：黑衣公主讓他聯想起木蘭花公主。

如果拿掉面罩，她們幾乎一模一樣。黑衣公主跟達夫一樣高，木蘭花公主也是。

黑衣公主的眼珠子是蜂蜜般的棕色，木蘭花公主的也是。

黑衣公主有一頂亮晶晶的頭冠，木蘭花公主也有。

兩位公主會不會是……同一個人？

不一樣的是，木蘭花公主穿玻璃鞋，而且她很怕蝸牛，對陽光過敏。

　　眼前的黑衣公主，正在用綑小豬的方法綑綁一隻怪獸。

達夫覺得自己的聯想有點好笑。他繼續吃著爆米花，等待著替公主的勝利時刻拍手叫好。

第 九 章
一雙黑長襪

　　公爵夫人檢查了桌子底下，連一塊會隨手黏上去的口香糖都沒有！木蘭花公主真的像表面上那麼完美嗎？不可能，每個人一定都有祕密。假髮塔公爵夫人相信自己一定會找出，究竟哪裡不對勁。

公ㄍㄨㄥ爵ㄐㄩㄝ夫ㄈㄨ人ㄖㄣ離ㄌㄧ開ㄎㄞ公ㄍㄨㄥ主ㄓㄨ位ㄨㄟ於ㄩ閣ㄍㄜ樓ㄌㄡ的ㄉㄜ房ㄈㄤ間ㄐㄧㄢ，前ㄑㄧㄢ往ㄨㄤ公ㄍㄨㄥ主ㄓㄨ的ㄉㄜ寶ㄅㄠ座ㄗㄨㄛ房ㄈㄤ繼ㄐㄧ續ㄒㄩ打ㄉㄚ探ㄊㄢ。

她檢查了練舞的房間。

她搜索了廚房，連餅乾也一塊塊拿起來仔細檢查。

一切真的就是那麼完美。

這時候，她留意到工具間的門底下，好像有什麼東西卡住了。她用力把它拉出來——

是一雙像煤炭那麼黑的長襪！

「總算找到了！」公爵夫人說。

黑長襪！所有人都知道，真正的公主不會穿黑色的衣服。木蘭花公主真的有祕密！

假髮塔公爵夫人原本緊皺的眉頭終於鬆開，反倒是換上了一個可疑的微笑。

第 十 章
任務完成

　　黑衣公主試著不去擔心，愛管閒事的公爵夫人會在城堡裡做什麼。她忙著「處理」大藍怪。

　　大藍怪實在又大又重。雖然牠被綑得緊緊的，公主還是沒辦法把牠推回洞裡。

　　「滾回洞裡去。」黑衣公主說。

　　「吼！」大藍怪大叫。

「怪ㄍㄨㄞˋ獸ㄕㄡˋ，別ㄅㄧㄝˊ亂ㄌㄨㄢˋ來ㄌㄞˊ！」黑ㄏㄟ衣ㄧ公ㄍㄨㄥ主ㄓㄨˇ說ㄕㄨㄛ。

「吼ㄏㄡˇ～吼ㄏㄡˇ～吼ㄏㄡˇ！」大ㄉㄚˋ藍ㄌㄢˊ怪ㄍㄨㄞˋ繼ㄐㄧˋ續ㄒㄩˋ叫ㄐㄧㄠˋ。

黑ㄏㄟ衣ㄧ公ㄍㄨㄥ主ㄓㄨˇ嘆ㄊㄢˋ了ㄌㄜ一ㄧˋ口ㄎㄡˇ氣ㄑㄧˋ。她ㄊㄚ眨ㄓㄚˇ眨ㄓㄚˇ眼ㄧㄢˇ對ㄉㄨㄟˋ大ㄉㄚˋ藍ㄌㄢˊ怪ㄍㄨㄞˋ說ㄕㄨㄛ：「請ㄑㄧㄥˇ進ㄐㄧㄣˋ去ㄑㄩˋ！」

大藍怪也嘆了一口氣，終於乖乖滾回洞裡。

達夫開心歡呼。

黑衣公主向大家鞠躬說：「謝謝，我的朋友。下回見！」

她摸摸山羊的頭之後，跳上黑旋風的馬背，立刻朝森林裡奔馳而去。

她得趕快回到假髮塔公爵夫人身邊，希望自己沒離開太久，讓公爵夫人找到什麼……呃，祕密……

第 十一 章
真正的規定

　　大藍怪撲通一聲跳回怪獸國。牠把繩子咬斷之後，居然發現繩子也滿好吃的，但是……還是山羊比較可口。

66

有一項規定是：不能從這個洞爬出去。現在，大藍怪終於想起為什麼了。

上頭的陽光太燦爛了？空氣新鮮得讓怪獸覺得不舒服？這些事情都和規定無關。

怪獸不應該從這個洞爬出去，因為：黑衣公主不准怪獸吃山羊。

本來大藍怪想要提醒其他怪獸這個規定。可是，牠突然發現有一堆腳指甲可以吃！

「真好吃！」牠說。就這樣，大藍怪把黑衣公主的規定全拋在腦後了。

第 十二 章
牧童達夫的聯想

達夫帶領著山羊回家時，一路上輕鬆的吹著口哨。今天是個好日子，因為今天沒有一隻山羊被吃掉。

這全都要感謝黑衣公主。

他真希望自己也能幫上忙。可惜的是，大家都知道，牧羊的男孩肯定沒辦法打敗怪獸。

他又想起木蘭花公主可能就是黑衣公主的事。多麼高明的變裝啊，沒有人會懷疑一個穿玻璃鞋的女孩！

不過，這也可能只是他異想天開。

如果山羊用後腿站起來，就跟達夫一樣高，也跟黑衣公主一樣高。

他的山羊有像蜂蜜般棕色的眼珠子，就跟黑衣公主的一樣。（只差山羊沒有頭冠。）

對黑衣公主來說，說不定假扮成山羊，也是個不錯的選擇！

沒有人會懷疑一隻山羊。

就像沒有人會懷疑一個牧羊的男孩。

達夫突然有了一個點子……

第 十三 章
山羊復仇者

　　達夫的點子讓他在餵山羊吃東西的時候，忍不住開心得想笑。他幫牠們換睡衣時也會笑；跟牠們道晚安親親時，也一直笑。

牧ᄆ童ᄐ達ᄃ夫ᄃ已ᅵ經키準ᄍᆫ備ᄇ好ᄒ要ᄋᆞ動ᄃ
工ᄏᆫ了ᄅ。

牧羊的男孩才不會有什麼好點子。

　　牧羊的男孩才不會用舊毯子做成面罩和披風。

　　牧羊的男孩絕對不會用羊鈴和繩索做成怪獸警報器。

　　因為大部分牧羊的男孩，都不會想要喬裝成為「山羊復仇者」。

達ㄉㄚˊ夫ㄈㄨ要ㄧㄠˋ鍛ㄉㄨㄢˋ鍊ㄌㄧㄢˋ身ㄕㄣ體ㄊㄧˇ。達ㄉㄚˊ夫ㄈㄨ會ㄏㄨㄟˋ努ㄋㄨˇ力ㄌㄧˋ練ㄌㄧㄢˋ習ㄒㄧˊ。也ㄧㄝˇ許ㄒㄩˇ有ㄧㄡˇ一ㄧ天ㄊㄧㄢ，山ㄕㄢ羊ㄧㄤˊ復ㄈㄨˋ仇ㄔㄡˊ者ㄓㄜˇ會ㄏㄨㄟˋ與ㄩˇ黑ㄏㄟ衣ㄧ公ㄍㄨㄥ主ㄓㄨˇ併ㄅㄧㄥˋ肩ㄐㄧㄢ作ㄗㄨㄛˋ戰ㄓㄢˋ。怪ㄍㄨㄞˋ獸ㄕㄡˋ們ㄇㄣ，你ㄋㄧˇ們ㄇㄣ可ㄎㄜˇ得ㄉㄟˇ小ㄒㄧㄠˇ心ㄒㄧㄣ了ㄌㄜ！

第 十四 章
再次變身

　　黑衣公主跳上城堡的圍牆。她從祕密通道往上爬。

　　公主很緊張，因為向上爬比滑下去更花時間。

通ㄊㄨㄥ道ㄉㄠˋ裡ㄌㄧˇ有ㄧㄡˇ三ㄙㄢ隻ㄓ蜘ㄓ蛛ㄓㄨ，兩ㄌㄧㄤˇ隻ㄓ蝙ㄅㄧㄢ蝠ㄈㄨˊ。更ㄍㄥˋ慘ㄘㄢˇ的ㄉㄜ˙是ㄕˋ：還ㄏㄞˊ有ㄧㄡˇ一ㄧ隻ㄓ超ㄔㄠ沒ㄇㄟˊ禮ㄌㄧˇ貌ㄇㄠˋ的ㄉㄜ˙蝸ㄍㄨㄚ牛ㄋㄧㄡˊ。幸ㄒㄧㄥˋ好ㄏㄠˇ，黑ㄏㄟ衣ㄧ公ㄍㄨㄥ主ㄓㄨˇ一ㄧ點ㄉㄧㄢˇ都ㄉㄡ不ㄅㄨˋ害ㄏㄞˋ怕ㄆㄚˋ。

通道的盡頭就是工具間。

從工具間鑽出來之後，她就不再是黑衣公主了。

黑衣公主變回木蘭花公主了。

　　木蘭花公主整理一下頭髮，拉了拉裙子，對著鏡子練習一下微笑。她並沒有注意到，在工具間預留的那雙黑長襪不見了！

第 十 五 章
祕密曝光？

　　木蘭花公主優雅的走進閣樓。

　　「抱歉讓您等這麼久。」木蘭花公主說：「所有的鳥都很好，正常的啾啾叫。」

　　假髮塔公爵夫人喝了一大口涼掉的熱巧克力，然後露出微笑。

「你3出5去6的2時1候5，我6參5觀5了2一1下5你3的2城2堡2。」公2爵2夫5人5說5。

木5蘭2花5公2主5瞬5間5僵5住5。「是5……是5嗎5？」

「嗯哼──」公爵夫人說：「而且，我在工具間裡發現了一件東西。」

木蘭花公主緊張的吞了一下口水。「真……真的嗎？」

「對！」公爵夫人說：「我發現你的祕密了──一雙黑長襪！」

木蘭花公主驚訝的倒抽了一口氣。「有……有嗎？」

「木蘭花公主，你的白長襪已經變得跟煤炭一樣黑！你真的應該要洗襪子了。所有人都知道，真正的公主不穿黑色的衣服。」

「當然不穿！」木蘭花公主說：「您真聰明。」

木蘭花公主終於鬆了一口氣。事實上，她的確認識一位喜歡穿黑色衣服的公主。不過，那是只有她才知道的祕密。

飛ㄈㄟ呀ㄚ，黑ㄏㄟ旋ㄒㄩㄢ風ㄈㄥ，飛ㄈㄟ呀ㄚ！

前ㄑㄧㄢ方ㄈㄤ還ㄏㄞ有ㄧㄡ什ㄕㄣ麼ㄇㄜ挑ㄊㄧㄠ戰ㄓㄢ， 等ㄉㄥ著ㄓㄜ黑ㄏㄟ衣ㄧ公ㄍㄨㄥ主ㄓㄨ呢ㄋㄜ？

關 鍵 詞
Keywords

單元設計｜**李貞慧**
（國立臺灣大學外國語文學系研究所碩士，現任國中英語老師）

❶ princess 公主 名詞

Magnolia was a princess.
She liked wearing her frilly
pink dress.

木蘭花是位公主。她喜歡
穿她的粉紅色蓬蓬洋裝。

❷ duchess 公爵夫人 名詞

Duchess Wigtower wanted to uncover Princess Magnolia's secrets.

假髮塔公爵夫人想要揭露木蘭花公主的祕密。

❸ slide 滑行 動詞

Princess Magnolia slid down the secret chute.

木蘭花公主滑下祕密通道。

（＊slid是slide的過去式。）

❹ unicorn 獨角獸 名詞

Was Frimplepants a unicorn?

酷麻花是隻獨角獸嗎？

❺ monster 怪獸 名詞

The dark cave was full of scary monsters. Some were big, and some were small.

那個黑暗的洞穴裡
滿是怪獸。有些
體型大，有些
體型小。

❻ goat 山羊 名詞

The monsters living in the cave liked eating goats.

住在洞穴裡頭的怪獸喜歡吃山羊。

❼ roar 吼叫 動詞 / 吼叫聲 名詞

The monster roared. The roar was loud.

怪獸大吼。吼叫聲超級無敵大。

⑧ mask 面罩 名詞

Without the mask, the Princess in Black looked almost the same as Princess Magnolia.

如果拿掉面罩，黑衣公主看起來幾乎和木蘭花公主一模一樣。

⑨ stocking 長襪 名詞

The white stockings were as black as coal!

這雙白長襪跟煤炭一樣黑！

閱讀想一想
Think Again

❶ 你最喜歡故事的哪一部分？為什麼那個部分會讓你印象深刻？

❷ 你喜歡木蘭花公主，還是黑衣公主？說說看你的理由。

❸ 在你認識的人當中，有誰像黑衣公主這樣勇敢、不怕危險？

❹ 為什麼公爵夫人會說「真正的公主不會穿黑色的衣服」？你覺得，公爵夫人說得有道理嗎？

國家圖書館出版品預行編目(CIP)資料

公主出任務.1,怪獸警報 / 珊寧.海爾(Shannon Hale),
迪恩.海爾(Dean Hale)作 ; 范雷韻(LeUyen Pham)繪 ;
黃筱茵譯. -- 二版. -- 新北市 : 字畝文化創意有限公
司出版 : 遠足文化事業股份有限公司發行, 2023.06
　面 ;　　公分
譯自 : The princess in black.
ISBN 978-626-7200-32-2(平裝)
874.596　　　　　　　111018103

公主出任務 1： 怪獸警報（二版） The Princess in Black

作者｜珊寧・海爾 & 迪恩・海爾 Shannon Hale, Dean Hale
繪者｜范雷韻 LeUyen Pham　譯者｜黃筱茵

字畝文化創意有限公司

社長兼總編輯｜馮季眉　責任編輯｜洪 絹(初版)、陳心方(二版)
美術設計｜盧美瑾

出版｜字畝文化／遠足文化事業股份有限公司
發行｜遠足文化事業股份有限公司（讀書共和國出版集團）
地址｜231新北市新店區民權路108-2號9樓
電話｜(02)2218-1417　傳真｜(02)8667-1065
客服信箱｜service@bookrep.com.tw　網路書店｜www.bookrep.com.tw
團體訂購請洽業務部 (02) 2218-1417 分機1124

法律顧問｜華洋法律事務所　蘇文生律師
印　　製｜中原造像股份有限公司

2023年6月　二版一刷　2024年5月　二版四刷　定價｜300元
書號｜XBSY4001　ISBN｜978-626-7200-32-2（平裝）

特別聲明：有關本書中的言論內容，不代表本公司出版集團之立場與意見，
　　　　　文責由作者自行承擔